Was wichtig ist

Was wichtig ist

Vom Nutzen des Scheiterns und der Kraft der Fantasie

J.K. ROWLING

Aus dem Englischen von Klaus Fritz

CARLSEN

Originalillustrationen von Joel Holland, adaptiert für diese Ausgabe von Olav Korth

Originaltitel: Very Good Lives. The Fringe Benefits of Failure and the Importance of Imagination
First published in the United States in 2015 by Little, Brown and Company, a division of the Hachette Book Group, Inc.
First published in Great Britain in 2015 by Sphere.

Umschlaggestaltung: formlabor
Aus dem Englischen von Klaus Fritz
Lektorat: Julia Reuter
Satz und Herstellung: Karen Kollmetz
Druck und Bindung: Livonia Print, Riga
ISBN: 978-3-551-58777-0
Printed in Latvia

FSC www.fsc.org
MIX
Papier aus verantwortungsvollen Quellen
FSC® C002795

Was wichtig ist

Präsidentin Faust, Mitglieder der Harvard Corporation und des Board of Overseers, Mitglieder der Fakultät, stolze Eltern und – vor allem – Absolventen

Vielen Dank

Zunächst möchte ich vielen Dank sagen. Nicht nur erweist mir Harvard eine außerordentliche Ehre, mir war wochenlang so schlecht vor Angst, diese Abschlussrede halten zu sollen, dass ich auch noch abgenommen habe. Eine Win-win-Situation! Jetzt muss ich nur noch tief durchatmen, zu den roten Standarten hinüberblinzeln und mir einreden, ich wäre auf dem größten Gryffindor-Klassentreffen der Welt.

Vor den Absolventen einer Universität zu reden ist eine große Verantwortung, so glaubte ich jedenfalls, bis ich mir schließlich meine eigene Abschlussfeier ins Gedächtnis rief. Unsere Gastrednerin an jenem Tag war die angesehene britische Philosophin Baroness Mary Warnock. Darüber nachzudenken, was sie damals sagte, war sehr hilfreich, denn wie ich feststellte, konnte ich mich

an kein einziges ihrer Worte erinnern. Dank dieser erlösenden Erkenntnis kann ich nun loslegen, ohne befürchten zu müssen, ich könnte Sie unabsichtlich dazu verleiten, eine vielversprechende Karriere in der Wirtschaft, der Justiz oder der Politik aufzugeben für das zweifelhafte Vergnügen, ein schwuler Zauberer zu werden.

Sehen Sie? Wenn Sie sich in späteren Jahren nur noch an den Witz mit dem schwulen Zauberer erinnern, dann habe ich schon mal besser abgeschnitten als Baroness Mary Warnock. Sich erreichbare Ziele stecken: der erste Schritt zur Selbstoptimierung.

Die Wahrheit ist, dass ich mir ziemliches Kopfzerbrechen darüber gemacht habe, was ich Ihnen heute sagen sollte. Was hätte ich als Absolventin damals eigentlich gerne erfahren, habe ich mich gefragt, und welche wichtigen Lektionen habe ich gelernt in den einundzwanzig Jahren, die inzwischen vergangen sind?

Die Kraft der FANTASIE

Ich habe zwei Antworten gefunden. An diesem wunderschönen Tag, wo wir alle gemeinsam Ihren akademischen Erfolg feiern, möchte ich mit Ihnen über den Nutzen des Scheiterns sprechen. Und weil Ihnen nun der „Ernst des Lebens" bevorsteht, wie es manchmal heißt, möchte ich ein Lob auf die Kraft der Fantasie ausbringen.

HEIKLE

Mag sein, dass Ihnen dies weltfremd oder widersinnig erscheint, doch laufen Sie mir bitte nicht davon.

Wenn ich auf die Einundzwanzigjährige zurückblicke, die ich bei meinem Abschluss war, spüre ich als heute Zweiundvierzigjährige ein gewisses Unbehagen. Als ich noch um die Hälfte meiner Jahre jünger war, bemühte ich mich, die Ziele, die ich mir selbst steckte, und das, was meine Familie von mir erwartete, in eine heikle Balance zu bringen.

Amüsanter Spleen

Ich selbst war mir vollkommen sicher, künftig einzig und allein Romane schreiben zu wollen. Meine Eltern jedoch, die beide aus einfachen Verhältnissen kamen und kein College besucht hatten, hielten meine überbordende Fantasie für einen amüsanten Spleen, mit dem ich weder eine Hypothek bekommen noch mir eine Pension sichern würde. Ich weiß, die Ironie der Geschichte ist so schlagend wie der Amboss in einem Zeichentrickfilm.

Meine Eltern hofften also, ich würde einen berufsbezogenen Abschluss machen; ich dagegen wollte englische Literatur studieren. Es kam zu einem im Rückblick niemanden zufriedenstellenden Kompromiss, indem ich mich für Neue Sprachen einschrieb. Doch kaum war der Wagen meiner Eltern um die nächste Ecke gebogen, da ließ ich auch schon die Germanistik sausen und trippelte durch den Flur zu den Altphilologen.

Ich kann mich nicht erinnern, meinen Eltern je erzählt zu haben, dass ich Altphilologie studierte; durchaus möglich, dass sie es erst an meinem Abschlusstag herausfanden. Es wäre ihnen wohl schwergefallen, unter sämtlichen Wissensgebieten der Welt ein unnützeres zu nennen als die griechische Mythologie, wenn es darum ging, mir die Schlüssel zu einem eigenen Badezimmer auf der Chefetage zu sichern.

Ich möchte, in Klammern, deutlich machen, dass ich meinen Eltern wegen ihrer Sicht der Dinge nichts vorwerfe. Es gibt ein Verfallsdatum, ab dem Sie Ihre Eltern nicht mehr beschuldigen können, Sie in die falsche Richtung bugsiert zu haben; in dem Moment, da Sie alt genug sind, das Steuer selbst in die Hand zu nehmen, liegt die Verantwortung bei Ihnen. Überdies kann ich meine Eltern nicht dafür kritisieren, dass sie hofften, ich würde nie Armut erleben. Sie waren arm gewesen, ich selbst war es inzwischen auch, und ich pflichte meinen Eltern durchaus bei, dass die Armut keine Erfahrung ist, die adelt. Sie birgt Angst und Stress, und manchmal auch Depressionen; sie geht einher mit unzähligen kleinen Demütigungen und Härten. Sich aus eigener Kraft der Armut zu entwinden – das ist etwas, auf das Sie stolz sein können, doch die Armut an sich verklären nur Narren.

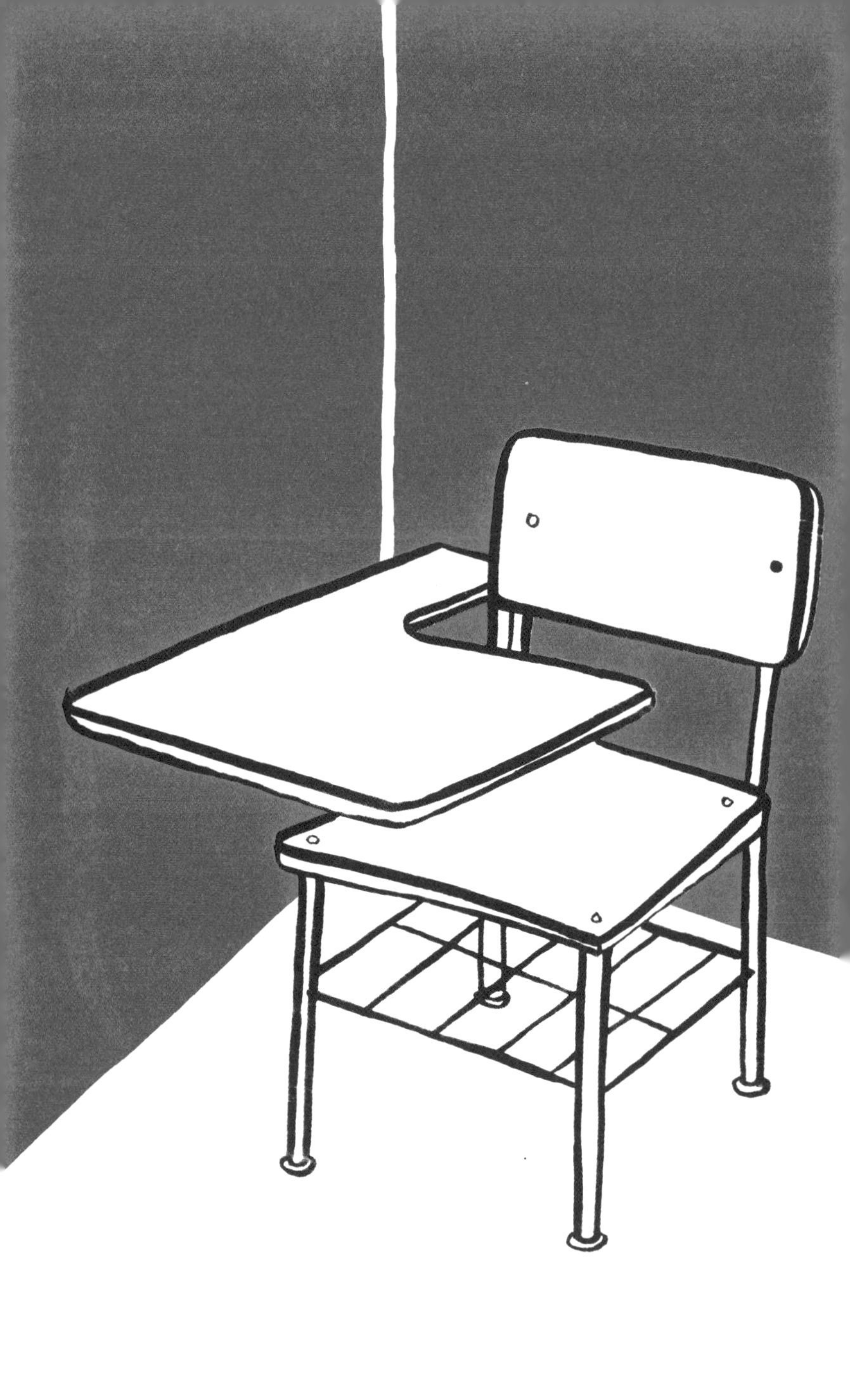

Wovor ich mich am meisten fürchtete, als ich so alt war wie Sie, war nicht, arm zu sein, sondern zu scheitern.

Damals fehlte es mir zwar deutlich an akademischem Ehrgeiz, denn viel zu häufig schrieb ich in der Cafeteria an meinen Geschichten und viel zu selten war ich in den Vorlesungen. Allerdings hatte ich den Bogen raus, wie man Prüfungen bestand, und dies war bei mir und meinen Bekannten jahrelang der Erfolgsmaßstab im Leben.

Ich bin nicht so töricht, Ihnen zu unterstellen, allein weil Sie jung, talentiert und gut gebildet sind, hätten Sie niemals Not oder Bedrückung erlebt. Begabung und Intelligenz haben noch keinen immun gemacht gegen die Launen der Schicksalsgöttinnen, und nicht eine Sekunde will ich behaupten, Sie würden vollkommen unbehelligt ein privilegiertes und zufriedenes Leben genießen.

Und doch – die Tatsache, dass Sie Ihren Abschluss in Harvard geschafft haben, legt den Gedanken nahe, dass Sie mit dem Scheitern nicht gerade auf vertrautem Fuß stehen. Mag sein, dass die Furcht vor dem Scheitern Sie gleichermaßen antreibt wie das Erfolgsstreben. Allerdings könnte das, was Sie selbst für Scheitern hielten, durchaus dem nahekommen, was ein durchschnittlicher Mensch sich unter Erfolg vorstellen würde. So hoch sind Sie bereits geflogen.

SO HOCH
SIND SIE
BEREITS
GE-
FLOGEN

„Ich war die größte Versagerin, die ich kannte"

Am Ende müssen wir zwar selbst entscheiden, wann wir uns für gescheitert halten, aber Ihr Umfeld gibt Ihnen beflissentlich einige Kriterien dafür an die Hand, wenn Sie es denn zulassen. Ich kann demnach durchaus zu Recht sagen, dass ich sieben Jahre nach dem Tag meines Universitätsabschlusses gemäß den üblichen Maßstäben grandios gescheitert war. Eine außerordentlich kurzlebige Ehe war in die Brüche gegangen, ich war arbeitslos, alleinerziehende Mutter und so arm, wie man es in Großbritannien nur sein kann, wenn man nicht gerade obdachlos ist. Die Ängste meiner Eltern um meine Zukunft und meine eigenen Ängste hatten sich erfüllt, und nach allen üblichen Normen war ich die größte Versagerin, die ich kannte.

Nun will ich mich nicht hier hinstellen und behaupten, dass Scheitern Spaß macht. Es war eine außerordentlich düstere Phase meines Lebens, und woher sollte ich ahnen, dass es, wie die Presse immer wieder geschrieben hat, zu einer derart märchenhaften Auflösung kommen würde? Ich wusste damals keineswegs, wie weit der Tunnel sich erstrecken würde, und auf das Licht an dessen Ende konnte ich lange Zeit nicht mehr als hoffen.

Warum also spreche ich vom Nutzen des Scheiterns? Einfach deshalb, weil mein Scheitern bedeutete, dass alles Unwichtige von mir abfiel. Ich hörte auf, mir einzubilden, eine andere zu sein als jene, die ich war, und verwendete nun meine ganze Kraft darauf, das einzige Werk zu vollenden, das mir wichtig war. Wäre ich tatsächlich mit etwas anderem erfolgreich gewesen, dann hätte ich wohl nie zu der Entschlossenheit gefunden,

auf jenem Feld, dem ich mich wahrhaft zugehörig fühlte, den Erfolg zu suchen. Indem meine größte Angst sich verwirklicht hatte, war ich auch frei geworden, und ich hatte ja immer noch eine Tochter, die ich vergötterte, sowie eine alte Schreibmaschine und eine große Idee. So wurde aus dem Tiefpunkt das solide Fundament, auf dem ich mein Leben wiederaufbauen konnte.

Sie werden vielleicht nie dermaßen scheitern wie ich, doch ein gewisses Versagen im Leben ist unumgänglich. Es ist unmöglich zu leben, ohne an etwas zu scheitern, es sei denn, Sie lebten so vorsichtig, dass Sie es auch gleich sein lassen können – und in diesem Falle scheitern Sie selbstredend auch.

Das Scheitern gab mir jene innere Sicherheit, zu der ich nie gelangt war, indem ich Examina bestand. Das Scheitern lehrte mich Dinge über mich, die ich anders nie hätte lernen können. Ich entdeckte, dass ich einen starken Willen besaß und disziplinierter war, als ich selbst vermutet hätte. Ich stellte auch fest, dass ich Freunde hatte, deren Wert wahrhaft nicht mit Edelsteinen aufzuwiegen ist.

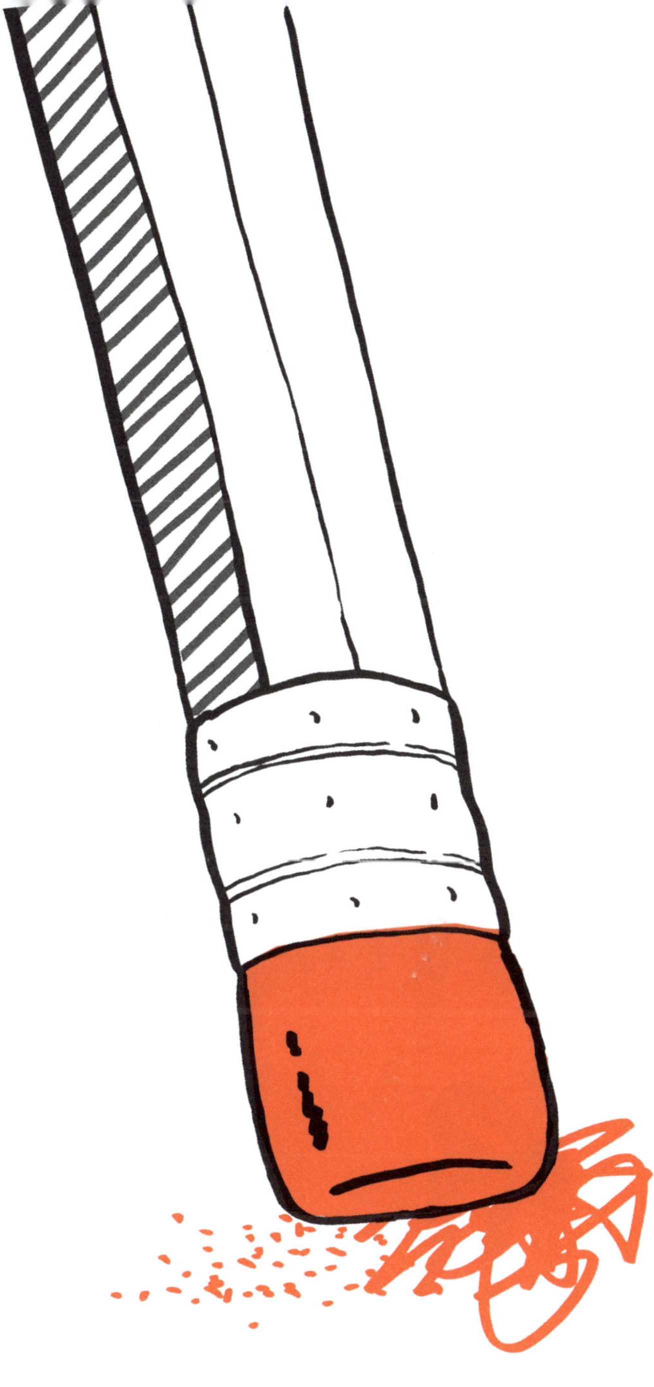

Das Wissen, dass man nach Niederlagen wieder auf die Beine gekommen ist, klüger und stärker als zuvor, bringt es mit sich, dass man sich künftig sicher ist, überleben zu können. Sie werden sich selbst nie wahrhaft kennen und auch nicht wissen, wie stark Ihre menschlichen Beziehungen sind, solange beides nicht in widrigen Zeiten erprobt wurde. Solch Wissen ist ein wahres Geschenk, unter welchen Schmerzen man es sich auch verdient hat, und es ist mehr wert als jede Qualifikation, die ich erworben habe.

Demut

Wenn ich also einen Zeitumkehrer hätte, würde ich meinem einundzwanzigjährigen Selbst sagen, dass persönliches Glück in dem Wissen gründet, dass das Leben keine Liste ist, auf der man Errungenschaften und Erfolge abhakt. Ihre Qualifikationen, Ihr Lebenslauf, das alles macht nicht Ihr Leben aus, auch wenn Ihnen viele Menschen in meinem Alter oder ältere begegnen werden, die das eine mit dem anderen verwechseln. Das Leben ist schwierig und kompliziert, niemand hat es vollkommen im Griff, und wenn Sie sich dies in aller Demut eingestehen, dann überleben Sie auch seine Tücken und Abgründe.

Nun werden Sie womöglich denken, ich hätte mein zweites Thema, die Kraft der Fantasie, deshalb gewählt, weil sie so wichtig war für mein neues Leben, aber darum alleine geht es mir nicht. Zwar werde ich bis zum letzten Atemzug Wert auf Gutenachtgeschichten legen, doch den Wert der Fantasie habe ich in einem viel umfassenderen Sinne schätzen gelernt. Sie ist nicht nur das einzigartige menschliche Vermögen, sich vorzustellen, was nicht ist, und daher der Ursprung aller Erfindung und Erneuerung; wahrhaft umwälzend und erhellend ist sie jedoch in ihrer Eigenschaft als jene Kraft, dank der wir uns in Menschen einzufühlen vermögen, die ganz andere Erfahrungen als wir selbst gemacht haben.

Eines meiner prägenden Erlebnisse lag vor Harry Potter, doch floss es in vieler Hinsicht in meine späteren Bücher ein. Diese einschneidende Erfahrung fiel in die Zeit eines meiner ersten Jobs. Obwohl ich mich in den Mittagsstunden aus dem Staub machte, um Geschichten zu schreiben, verdiente ich mir mit Anfang zwanzig die Miete im Hauptquartier von Amnesty International in London, wo ich in der Afrika-Recherche arbeitete.

In meinem kleinen Büro dort las ich Briefe, die aus totalitären Staaten herausgeschmuggelt worden waren, in aller Hast geschrieben von Männern und Frauen, die ihre Verhaftung riskierten, um der Welt draußen mitzuteilen, was ihnen angetan wurde. Ich sah Bilder von Menschen, die spurlos verschwunden waren, an Amnesty geschickt von ihren verzweifelten Familien und Freunden. Ich las die Zeugenaussagen von Folteropfern und sah Fotos von ihren Verletzungen. Ich öffnete handgeschriebene Augenzeugenberichte über Schnellverfahren und Hinrichtungen, über Entführungen und Vergewaltigungen.

Viele meiner Kollegen waren ehemalige politische Gefangene, Menschen, die aus ihren Heimen vertrieben worden oder ins Exil geflüchtet waren, weil sie die Kühnheit besessen hatten, gegen ihre Regierungen den Mund aufzumachen. Unter den Besuchern unseres Büros waren Menschen, die kamen, um Informationen zu liefern oder herauszufinden, was mit jenen geschehen war, die sie zurückgelassen hatten.

Niemals werde ich das afrikanische Folteropfer vergessen, einen jungen Mann, nicht älter als ich damals, der psychisch erkrankt war nach allem, was er in seinem Herkunftsland durchgemacht hatte. Er zitterte haltlos, während er vor einer Kamera über die grausamen Dinge sprach, die ihm angetan worden waren. Er war gut einen

Kopf größer als ich und schien so verletzlich wie ein Kind. Ich sollte ihn hinterher zur U-Bahn-Station zurückbegleiten, und dieser Mann, dessen Leben durch Grausamkeiten zerrüttet worden war, nahm mit vollendeter Höflichkeit meine Hand und wünschte mir viel Glück für die Zukunft.

EiN GRAUEN-VOLLER SCHMER-ZENS-SCHREi

Und solange ich lebe, wird mir in Erinnerung bleiben, wie ich durch einen leeren Flur ging und plötzlich, durch eine geschlossene Tür, einen so grauenvollen Schmerzensschrei vernahm, wie ich ihn seither nie mehr gehört habe. Die Tür öffnete sich und die Ermittlerin steckte den Kopf heraus und wies mich an, dem Mann, der bei ihr saß, so schnell wie möglich ein heißes Getränk zu besorgen. Sie hatte ihm gerade mitteilen müssen, dass seine Mutter wegen seiner offenen Kritik am Regime seines Landes festgenommen und zur Vergeltung hingerichtet worden war.

Mit Anfang zwanzig wurde ich an jedem Arbeitstag daran erinnert, welch unglaubliches Glück ich hatte, in einem Land mit einer demokratisch gewählten Regierung zu leben, in dem jeder das Recht auf einen Verteidiger und ein öffentliches Gerichtsverfahren hat.

Täglich sah ich neue Beweise dafür, was der Mensch anderen Menschen an Bösem antun kann, um Macht zu erringen oder sie zu bewahren. Ich bekam nun Albträume, furchtbare Albträume, von all dem, was ich sah, hörte und las.

Und doch lernte ich bei Amnesty International auch unfassbar viel darüber, was menschliche Güte vermag.

Bei Amnesty engagieren sich Tausende von Menschen, die nie aufgrund ihrer Überzeugungen gefoltert oder inhaftiert worden sind, und setzen sich ein für andere Menschen, denen ebendies geschehen ist. Es ist die Kraft des Mitgefühls, die sie gemeinsam handeln lässt, sie rettet Leben und befreit Gefangene. Einfache Menschen, die sich um ihr persönliches Wohlergehen und ihre Sicherheit nicht sorgen müssen, finden sich in beträchtlicher Zahl zusammen, um Menschen zu helfen, die sie nicht kennen und nie kennenlernen werden. Als ich damals meinen kleinen Beitrag dazu leistete, war dies eine der wahrhaft Demut lehrenden und inspirierenden Erfahrungen meines Lebens.

Im Gegensatz zu jedem anderen Geschöpf auf diesem Planeten können Menschen lernen und verstehen, ohne die Erfahrung selbst gemacht zu haben. Sie können sich in die Lage anderer hineinversetzen.

Natürlich ist diese Macht, wie auch die Zauberei in meinen Romanen, moralisch neutral. Man kann ein solches Vermögen gleichermaßen dazu verwenden, andere zu manipulieren und zu beherrschen, wie auch dazu, andere zu verstehen und sich in sie einzufühlen.

„Sie können sich in die Lage anderer hineinversetzen"

„Sie können sich dem Wissen ver-schließen“

Und viele wollen ihre Fantasie gar nicht erst tätig werden lassen. Sie verharren lieber in den Grenzen ihrer eigenen Erfahrungen und geben sich nie die Mühe zu überlegen, wie es sich anfühlen würde, als jemand anderes geboren worden zu sein. Sie weigern sich womöglich, Schreie zu hören oder in Käfige zu schauen; sie können ihr Denken und ihr Herz abschotten gegen alles Leid, das sie nicht persönlich betrifft; sie können sich dem Wissen darum verschließen.

Nun bin ich vielleicht versucht, Menschen zu beneiden, die auf solche Weise leben können, allerdings glaube ich nicht, dass sie weniger Albträume haben als ich. Wer das Leben in engen Räumen vorzieht, bekommt gewissermaßen Platzangst, und diese birgt ihre ganz eigenen Schrecken. Ich glaube, es sind gerade die willent-

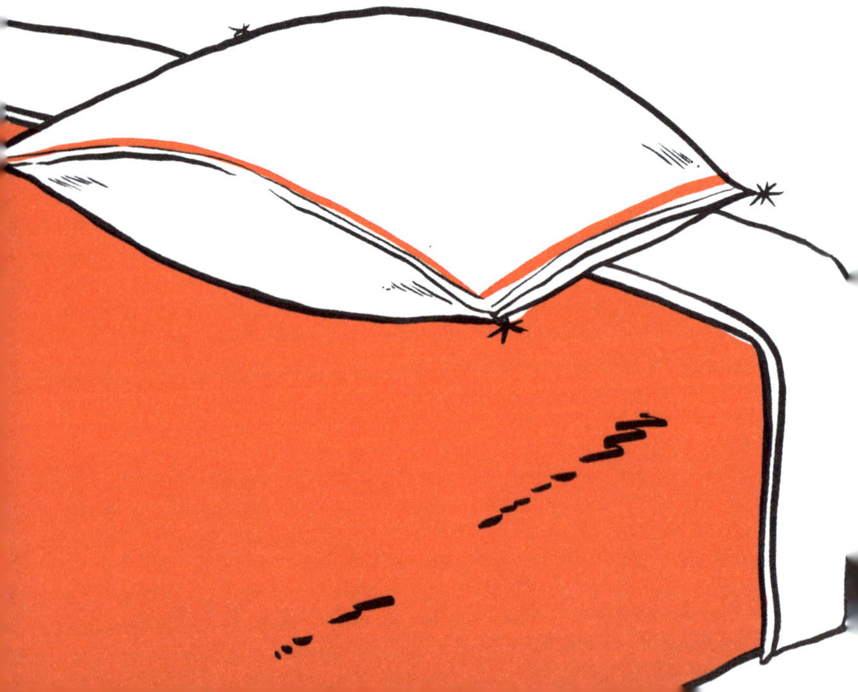

lich Fantasielosen, die am meisten Ungeheuer sehen. Oft haben sie mehr Angst.

Wer sich entscheidet, kein Mitgefühl zu haben, bereitet überdies den wirklichen Ungeheuern den Boden. Denn ohne je persönlich eine offen böse Tat zu begehen, spielen wir durch unsere eigene Gefühllosigkeit dem Bösen in die Hände.

Am Ende jenes Flurs zu den Altphilologen, in den ich mich als Achtzehnjährige hineinwagte auf der Suche nach etwas, das ich damals nicht genau fassen konnte, lernte ich unter vielem anderen auch das, was Plutarch gesagt hat: „Was wir innerlich erreichen, wird unsere Realität verändern."

Was für eine verblüffende Behauptung, und doch beweist jeder Tag unseres Lebens sie tausendmal aufs Neue. Sie sagt uns, dass wir unweigerlich mit der Außenwelt verbunden sind, dass wir schon durch unsere bloße Existenz an das Leben anderer Menschen rühren.

N
W
O
S

Doch um wie viel mehr als nur durch Ihre bloße Existenz werden wohl Sie, die Harvard-Absolventen von 2008, an das Leben anderer Menschen rühren? Ihre Intelligenz, Ihre Fähigkeit, hart zu arbeiten, Ihre Bildung, die Sie verdientermaßen genossen haben, verleihen Ihnen eine ganz besondere gesellschaftliche Stellung und auch Verantwortung. Selbst Ihre Nationalität hebt Sie von anderen ab. Ganz überwiegend gehören Sie der einzig verbliebenen Supermacht der Welt an. Wie Sie wählen, wie Sie leben, wie Sie protestieren, welchen Druck Sie auf Ihre Regierung ausüben, all das hat Auswirkungen weit über Ihre Landesgrenzen hinaus. Dies ist Ihr Privileg und zugleich Ihre Last.

Wenn Sie sich entscheiden, Ihren Status und Ihren Einfluss zu nutzen, um Ihre Stimme zu erheben für jene, die keine Stimme haben; wenn Sie sich nicht nur mit den Mächtigen auf eine Ebene stellen, sondern auch mit den Machtlosen; wenn Sie die Fähigkeit bewahren, sich kraft Ihrer Fantasie in das Leben jener hineinzuversetzen, die weniger privilegiert sind, dann werden es nicht nur Ihre stolzen Familien sein, die Ihre Existenz feiern, sondern Tausende und Millionen von Menschen, deren Lebensbedingungen Sie geholfen haben zu verändern. Wir brauchen keine Magie, um unsere Welt zu verwandeln; wir tragen alle Kraft, die wir brauchen, bereits in uns: Wir haben die Kraft, uns Besseres vorzustellen.

Zum Schluss möchte ich noch eine Hoffnung für Sie aussprechen. Die Freunde, die ich mit einundzwanzig bereits hatte und mit denen ich bei der Abschlussfeier zusammensaß, sind mir Freunde fürs Leben geworden. Es sind die Paten meiner Kinder, es sind die Menschen, an die ich mich in wirklich schwierigen Zeiten wenden konnte, Menschen, die so freundlich waren, mich nicht zu verklagen, als ich mir ihre Namen borgte, um sie Todessern zu verleihen. Damals fühlten wir uns zutiefst miteinander verbunden, die gemeinsame Erfahrung einer Zeit, die nie mehr wiederkehren würde, einte uns, und natürlich auch das Wissen, dass wir gewisse fotografische Beweise in petto hatten, die außerordentlich wertvoll sein würden für den Fall, dass einer von uns je das Amt des Premierministers anstreben sollte.

Heute also wünsche ich Ihnen nichts Geringeres als solche Freundschaften. Und sollten Sie sich morgen an kein einziges meiner Worte mehr erinnern, so hoffe ich zumindest, dass Sie die Worte Senecas nicht vergessen, der auch zu diesen alten Römern gehörte, die ich kennenlernte, als ich Karriereleitern hinter mir ließ und in den Korridor der Altphilologen floh, auf der Suche nach der Weisheit der Antike:

„Mit dem Leben ist es wie mit einem Theaterstück: Es kommt nicht darauf an, wie lang es ist, sondern wie gut gespielt."

Ich wünsche Ihnen allen ein sehr gutes Leben. Vielen Dank.

Ich wünsche Ihnen allen ein sehr gutes Leben

Über die Autorin

J.K. Rowlings Harry-Potter-Romane haben weltweit Rekorde gebrochen. Sie wurden in 79 Sprachen übersetzt, über 450 Millionen Mal verkauft und haben auch im Kino Fans auf der ganzen Welt begeistert. Es gibt drei Begleitbände zur Serie, die J.K. Rowling für wohltätige Zwecke geschrieben hat: Die Einnahmen aus dem Verkauf von *Die Märchen von Beedle dem Barden* gehen an Lumos, mit *Quidditch im Wandel der Zeiten* und *Phantastische Tierwesen und wo sie zu finden sind* unterstützt sie Comic Relief und Lumos.

J.K. Rowling hat außerdem das Drehbuch zu *Phantastische Tierwesen und wo sie zu finden sind* verfasst. Gemeinsam mit dem Drehbuchautor Jack Thorne und dem Regisseur John Tiffany entwickelte sie das Theaterstück *Harry Potter und das verwunschene Kind. Teil eins und zwei*, das im Sommer 2016 im Londoner West End Premiere feierte.

J.K. Rowling erhielt zahlreiche Auszeichnungen, unter anderem den britischen Ritterorden Order of the British Empire und den Hans Christian Andersen Preis. Sie unterstützt mit ihrer wohltätigen Stiftung Volant eine ganze Reihe von Initiativen. Außerdem ist sie die Gründerin und Präsidentin von Lumos, einer Wohltätigkeitsorganisation für Kinder, die sich dafür einsetzt, die Heimunterbringung weltweit abzuschaffen und zu gewährleisten, dass alle Kinder in einem sicheren und fürsorglichen Umfeld aufwachsen.

LUMOS

Protecting Children. Providing Solutions.

Ich habe Lumos ins Leben gerufen, um der unermesslich schädlichen Praxis der Heimunterbringung von Kindern ein Ende zu bereiten. Weltweit wachsen nicht weniger als acht Millionen Kinder in Heimen auf.

In ihrer überwältigenden Mehrheit handelt es sich nicht um Waisen. Eine Fülle von Gutachten stellt übereinstimmend fest, dass die Heimunterbringung für die psychische und körperliche Gesundheit von Kindern äußerst nachteilig ist und gravierende Folgen für ihr späteres Leben hat.

Mögen wir es alle noch erleben, so lautet mein Traum, dass uns allein schon der Gedanke, Kinder in Heime zu stecken, vorkommen wird, als würde er einer grausamen fiktiven Welt entstammen.

J. K. Rowling

Gründerin und Präsidentin von Lumos

wearelumos.org